Le Horla

FichesdeLecture.com

Le Horla
(Fiche de lecture)

I. INTRODUCTION

Le Horla est un ensemble de récits écrits par Guy de Maupassant (1850-1893). Le premier est publié dans le *Gil Blas* du 16 octobre 1886 et repris dans *La Vie populaire* de décembre 1886. Cependant, il ne sera jamais intégré dans un recueil du vivant de son auteur. Ce n'est pas le cas de la seconde version, qui est publiée directement et donne son titre au recueil avant d'être reprise en feuilleton.

Le récit passionne les foules comme les plus initiés, car il traite, dans ses trois versions, du thème de la folie et de l'insertion du fantastique dans le quotidien d'un homme « comme tout le monde ».

II. RÉSUMÉ DE L'OUVRAGE

Il existe trois versions de l'ouvrage. En voici les résumés :

Lettre d'un fou (1885)

Un patient écrit une lettre à son médecin car il est « en proie aux hallucinations et aux souffrances ». Ses écrits décrivent ensuite un « mal singulier de [s]on âme ». Le patient, qui est perturbé par une phrase de l'écrivain Montesquieu, se met à douter de l'efficacité de ses cinq sens et à douter des perceptions du monde sensible. Il cite l'auteur français : « Un organe de plus ou de moins dans notre machine nous aurait fait une autre intelligence ». Par conséquent, l'homme a évolué de telle manière qu'il perçoit désormais le surnaturel, au point même de pouvoir le voir. Ainsi, une nuit,

« l'Invisible » lui aurait volé son reflet dans une glace. Depuis cet épisode, il attend en vain son retour ; mais depuis, son miroir est habité par des monstres « qui doivent hanter l'esprit des fous ».

Première version (1886)

Le Dr Marrande dirige un centre de santé. Un jour, il réunit « trois de ses confrères et quatre savants » afin de procéder à l'étude très particulière du cas d'un patient, venu se confesser auprès d'eux. C'est selon lui le cas « le plus bizarre et le plus inquiétant qu'il ait jamais rencontré ».

Le patient entame son récit. Il décrit son existence dans sa propriété normande, sur les bords de la Seine. Sa vie y est tranquille, serine, jusqu'à un jour spécial. L'automne de l'année précédant son récit, il est pris de manière soudaine de « malaises bizarres et inexplicable ». Cauchemars, amaigrissement, coups de fatigue magistraux, le patient est très affaibli. Ces symptômes s'accompagnent de faits incohérents et inexplicables, tels qu'une rose cueillie par une main invisible ou encore une carafe d'eau qui se vide mystérieusement.... entre autres évènements étranges.

Le patient déclare alors qu'à cette époque, il acquiert la certitude qu'un être invisible et maléfique vit à ses côtés. Il se sent épié et piégé, au point qu'un soir il avoue avoir surpris ce fantôme venu lui voler son reflet dans un miroir. Depuis, il s'est retiré dans le centre de santé.

Le patient n'est pas en mesure de fournir des explications quant à l'origine du mal et de son développement. Il lie cependant les apparitions de ces faits au passage d'un navire trois-mâts en provenance du Brésil, où sévit une épidémie de démence.

Une fois son récit achevé, les réactions ne se font pas attendre. Le Dr Marrande ne sait sur quel pied danser : « je ne sais si cet homme est fou ou si nous le sommes tous les deux... ou si... ou si notre successeur est réellement arrivé ».

Seconde version (1887)

Cette version est plus longue, et est aussi la plus célèbre. Maupassant décide, pour son second ouvrage, de supprimer tout intermédiaire entre le diariste et le lecteur.

Le narrateur, âgé de 42 ans, mène une existence tranquille dans sa propriété de Rouen, toujours sur les bords de la Seine. Un jour, un événement se produit : un trois-mâts en provenance du Brésil passe près de chez lui. Dès lors, il est en proie à des malaises, de la fièvre, et a l'impression constante d'être suivi et épié par un être invisible.

Puis le narrateur décrit plus en détail le trouble qui l'habite, doublé d'un sentiment intense d'anxiété. ON retrouve dans cette version l'épisode de la carafe d'eau, qu'il retrouve vide un matin alors que personne n'a pu s'introduire dans sa chambre.

Son état s'aggrave. Il se sent menacé par une présence hostile.

Le narrateur opte donc pour un séjour au Mont-Saint-Michel, où il a une entrevue avec un moine (« un petit voyage, sans doute, me remettra »). Ensemble, ils évoquent le monde de l'invisible (« le vent, l'avez-vous vu, et pouvez-vous le voir ? Il existe pourtant »). Le religieux lui raconte alors d'anciennes légendes anticipant déjà la présence d'êtres différents des humains. Le narrateur rentre ensuite chez lui. Malgré son séjour, son mal reprend, et les malaises deviennent plus intenses encore. Le narrateur croit qu'il est en train de sombrer dans la folie. Il se livre donc à quelques expériences pour tester sa théorie. Par exemple, il dispose des aliments et boissons à son chevet avant de dormir. Or, durant la nuit, le lait et l'eau sont mystérieusement bus... Il en conclut alors, terrorisé, qu'un être autre qu'humain est présent chaque nuit dans sa demeure et consomme les aliments.

Il quitte sa demeure pour la capitale parisienne, où il séjourne environ trois semaines ; là, il assiste à une séance d'hypnose qui provoque en lui de nombreuses interrogations (« j'ai vu hier des choses qui m'ont beaucoup troublé »). Perturbé, il se demande si des forces invisibles existent véritablement.

Une fois rentré chez lui, comme la première fois, le narrateur perd pied. Il est tellement terrorisé qu'il ne maîtrise plus ses actions. C'est sous ses yeux qu'un jour, dans son jardin, une rose se brise et flotte dans les airs. Puis il voit une page de livre se tourner toute seule, comme si quelqu'un d'invisible était assis à côté de lui en train de lire l'ouvrage.

Certain cette fois qu'il est suivi par un être invisible, le narrateur le désigne sous l'appellation de « Horla ». Peu de temps après, lors d'une soirée chez lui, il s'aperçoit que son reflet a disparu du miroir, puis réapparaît lentement quelques instants après, comme si quelqu'un était passé devant lui. Le narrateur incendie sa propre maison pour se débarrasser du Horla. Mais doutant de l'efficacité de son geste, il finit par se demander s'il ne va pas devoir se suicider (« alors…. alors… il va donc falloir que je me tue, moi ! »).

III. PORTRAITS DES INTERVENANTS

Le narrateur

Le narrateur n'est pas un héros au sens traditionnel, mais il constitue bien, avec le Horla, le duo sur lequel repose le récit. On apprend qu'il vit dans la région rouennaise, sur les bords de la Seine. Il apparaît d'abord comme un homme à l'existence tout à fait normale. Ses propos en font un personnage rationnel et tranquille, jusqu'à la fameuse apparition des symptômes et faits étranges. Dès lors, le narrateur devient un homme profondément angoissé, qui est prêt à s'en remettre à la religion, comme on le voit avec son pèlerinage au Mont-Saint-Michel ; de plus, les faits le poussent à s'interroger sur sa vision du monde ; la séance d'hypnose entraîne des questions sur la présence de l'invisible dans le monde, et dans sa vie. Cependant, même lorsqu'il frôle la folie, le narrateur conserve des réactions rationnelles. Il élabore des théories et réalise des expériences, lorsqu'il dispose de la nourriture près de son lit. Même le fait qu'il envisage le suicide après avoir incendié sa maison n'en fait pas un homme irrationnel, car chacun de ses actes, malgré la folie et la perte de contrôle annoncées, répond à une attente ou obéit à une réaction spécifique.

Toutefois, sa logique est de plus en plus perturbée, tandis que celle du lecteur ne vacille pas, car elle reste constante grâce à la perspective extérieure.

Le Horla

La désignation de l'être invisible aurait été élaborée par Maupassant. Plusieurs hypothèses ont été avancées sur la signification de son nom :

-   hors-la-loi, au sens d'un être qui ne vit pas dans les mêmes règles et limites que nous.

- En langue normande, dont Maupassant est familier, le terme étranger est « horsain ».
- Horla est une anagramme de Lahor ; or c'est le pseudonyme d'écrivain d'un ami de Maupassant.
- Horla pourrait évoquer le fait de chasser quelque chose ou quelqu'un « hors là », comme un ordre d'expulsion, sauf qu'on peut l'interpréter comme l'expulsion du narrateur hors de lui et hors de chez lui…

Quoi qu'il en soit, le Horla est un être invisible, bien que d'après les actes accomplis, il pourrait avoir une forme humaine. Il n'est pas non plus totalement immatériel, puisqu'il peut boire et tourner des pages. La sensation de menace ressentie par le narrateur fait qu'on pourrait prêter des intentions (selon lui maléfiques) au Horla, qui serait donc presque un double humain, mais non visible à l'oeil nu.

IV. AXES D'ANALYSE

Le choix d'un héros « normal »

Maupassant a fait évoluer chacune de ses versions du *Horla* vers une plus grande ressemblance avec l'ensemble des êtres humains. Pour cela, l'asile disparaît au profit d'une maison familière ; le décor et les paysages sont plus détaillés, et le passé ainsi que la chronologie sont scrupuleusement annoncés, parfois au jour le jour.

L'idée de l'écrivain est d'inscrire le lecteur dans un monde qui le concerne, auquel il peut s'identifier. Pour cela, il a transformé le narrateur de manière à ce qu'il soit, certes le héros de son histoire, mais surtout un homme comme le lecteur. Il faut que ce dernier puisse se mettre à sa place pour mieux être impliqué dans l'histoire, craindre avec le narrateur, voire avoir la sensation de devenir fou comme lui.

Le style d'écriture colle bien à cette idée : les interrogations se multiplient, l'écriture s'accélère, semble haleter et s'essouffler comme le narrateur à certains moments (alternance de répétitions, de points de suspension…)… Maupassant fait de l'écriture et du rythme un véritable miroir qui marque l'entrée dans le domaine de la folie. Or il est nécessaire, pour y parvenir, que le lecteur soit d'abord totalement immergé dans un univers auquel il est en mesure de s'identifier. Il ne faut donc pas céder immédiatement à une dimension totalement surnaturelle et déroutante. Le choc vient du caractère familier des scènes et du décor : une fleur, un livre, une carafe d'eau : nous *pourrions* être visités par le horla…

Le thème du double fou

Bien que nous ne soyons pas dans *Dr Jekyll et Mr Hyde,* le thème du double est abordé dans le récit de Maupassant. Le double peut, selon l'interprétation, incarner la folie sous la forme du horla. C'est-à-dire que l'aliénation elle-même n'est pas réelle, tandis que ses effets, eux le sont.

Tout joue sur une ambiguïté fondamentale sur laquelle la conclusion privilégie le doute : le narrateur est-il fou ? Rien n'est moins sûr. Et que peut bien symboliser le vol du reflet, ou du moins sa disparition, qui est un élément que l'on retrouve dans les trois versions composées par Maupassant ? Est-ce uniquement le symbole de la disparition de l'identité au profit du surnaturel ? Est-ce l'incapacité définitive ou temporaire d'un homme à voir la réalité, et notamment sa réalité ? La force de l'oeuvre est de faire de la folie un élément discutable et non fini. Par son absence de limite et de définition claires, la perte de la raison provoque de nouveaux doutes, et ainsi de suite, en véritable cercle infernal.

D'ailleurs, la folie est indissociable du mystère dans l'esprit de Maupassant. Ainsi écrit-il que la folie est « ce mystère banal de la démence » (notons au passage l'importance du mot banal et de l'univers familier). Sous la plume de l'écrivain, la démence n'est pas amenée n'importe comment aux yeux du lecteur. Elle apparaît par un processus de cause à effet. Des éléments mènent au doute, qui provoque la peur, qui fait basculer dans la folie, etc. Le cycle n'a même pas une fin claire et définitive : le narrateur devra-t-il, comme il l'anticipe, se suicider pour retrouver la paix ? Même cette solution funèbre n'assure pas le salut. La folie de quelques phénomènes étranges et décalés vient donc toucher ce qu'il y a de plus profond dans les conceptions de l'esprit humain : elle vient troubler les notions de vie et de mort. Après avoir touché l'identité personnelle du héros, on comprendra qu'il soit totalement perdu.

La folie représente ici (et sous ses trois formes) le doute concernant la raison humaine et les perceptions. Cette idée est très explicite dans « Lettre d'un fou ».

Mais le doute est doublement introduit dans l'esprit du lecteur. En effet, après s'être cru fou, le narrateur paraît se « guérir » de ce diagnostic lorsqu'il admet l'existence de cet être invisible, le horla. Du coup, il ne serait pas fou, mais aurait juste une conscience plus large des choses que le reste des êtres humains. Mais cette fois, c'est le lecteur qui doute : l'écriture commence à exprimer des failles dans le raisonnement du narrateur, qui n'en est plus conscient de son côté.

Maupassant se joue de nous comme il se joue du narrateur ; au final, personne n'a de réponse claire sur la folie et l'explication des évènements (et sûrement pas concernant ce fameux trois-mâts du Brésil).

Le fantastique

Le fantastique, en littérature, ne doit pas être confondu avec la science-fiction. Il implique en fait l'apparition d'éléments ou de faits étranges, dans un univers qui lui est « normal », c'est-à-dire quotidien (souvenons-nous d'ailleurs d'une nouvelle typiquement fantastique, la Vénus d'Ille de Prosper Mérimée). Nous sommes loin d'une autre planète ou d'un monde non humain ; nous avons donc bien affaire ici à un récit fantastique.

La postérité de l'œuvre

Le *Horla* a fasciné le public, le lectorat, mais aussi les artistes de tous bords. Cela explique ses multiples adaptations au cinéma et à la télévision, de 1914 à nos jours. On peut en citer quelques-unes :

- En URSS : *Zlatcha Notch* (*La Nuit terrible*) d'Evgueni Bauer, ou encore *Para Gnedych* (*Le Journal d'un fou*)
- En France : *Le Horla* de Pierre Carpentier, ou bien *Hantises* de Michel Ferry.
- USA: *Diary of a Mad man* de Reginald Le Borg.

Dans la même collection en numérique

Les Misérables
Le messager d'Athènes
Candide
L'Etranger
Rhinocéros
Antigone
Le père Goriot
La Peste
Balzac et la petite tailleuse chinoise
Le Roi Arthur
L'Avare
Pierre et Jean
L'Homme qui a séduit le soleil
Alcools
L'Affaire Caïus
La gloire de mon père
L'Ordinatueur
Le médecin malgré lui
La rivière à l'envers - Tomek
Le Journal d'Anne Frank
Le monde perdu
Le royaume de Kensuké
Un Sac De Billes
Baby-sitter blues
Le fantôme de maître Guillemin
Trois contes
Kamo, l'agence Babel
Le Garçon en pyjama rayé
Les Contemplations

Escadrille 80

Inconnu à cette adresse

La controverse de Valladolid

Les Vilains petits canards

Une partie de campagne

Cahier d'un retour au pays natal

Dora Bruder

L'Enfant et la rivière

Moderato Cantabile

Alice au pays des merveilles

Le faucon déniché

Une vie

Chronique des Indiens Guayaki

Je voudrais que quelqu'un m'attende quelque part

La nuit de Valognes

Œdipe

Disparition Programmée

Education européenne

L'auberge rouge

L'Illiade

Le voyage de Monsieur Perrichon

Lucrèce Borgia

Paul et Virginie

Ursule Mirouët

Discours sur les fondements de l'inégalité

L'adversaire

La petite Fadette

La prochaine fois

Le blé en herbe

Le Mystère de la Chambre Jaune

Les Hauts des Hurlevent

Les perses

Mondo et autres histoires

Vingt mille lieues sous les mers

99 francs

Arria Marcella

Chante Luna

Emile, ou de l'éducation
Histoires extraordinaires
L'homme invisible
La bibliothécaire
La cicatrice
La croix des pauvres
La fille du capitaine
Le Crime de l'Orient-Express
Le Faucon malté
Le hussard sur le toit
Le Livre dont vous êtes la victime
Les cinq écus de Bretagne
No pasarán, le jeu
Quand j'avais cinq ans je m'ai tué
Si tu veux être mon amie
Tristan et Iseult
Une bouteille dans la mer de Gaza
Cent ans de solitude
Contes à l'envers
Contes et nouvelles en vers
Dalva
Jean de Florette
L'homme qui voulait être heureux
L'île mystérieuse
La Dame aux camélias
La petite sirène
La planète des singes
La Religieuse
1984 A l'Ouest rien de nouveau
Aliocha
Andromaque
Au bonheur des dames
Bel ami
Bérénice
Caligula
Cannibale
Carmen

Chronique d'une mort annoncée

Contes des frères Grimm

Cyrano de Bergerac

Des souris et des hommes

Deux ans de vacances

Dom Juan

Electre

En attendant Godot

Enfance

Eugénie Grandet

Fahrenheit 451

Fin de partie

Frankenstein

Gargantua

Germinal

Hamlet

Horace

Huis Clos

Jacques le fataliste

Jane Eyre

Knock

L'homme qui rit

La Bête humaine

La Cantatrice Chauve

La chartreuse de Parme

La cousine Bette

La Curée

La Farce de Maitre Pathelin

La ferme des animaux

La guerre de Troie n'aura pas lieu

La leçon

La Machine Infernale

La métamorphose

La mort du roi Tsongor

La nuit des temps

La nuit du renard

La Parure

La peau de chagrin

La Petite Fille de Monsieur Linh

La Photo qui tue

La Plage d'Ostende

La princesse de Clèves

La promesse de l'aube

La Vénus d'Ille

La vie devant soi

L'alchimiste

L'Amant

L'Ami retrouvé

L'appel de la forêt

L'assassin habite au 21

L'assommoir

L'attentat

L'attrape-coeurs

Le Bal

Le Barbier de Séville

Le Bourgeois Gentilhomme

Le Capitaine Fracasse

Le chat noir

Le chien des Baskerville

Le Cid

Le Colonel Chabert

Le Comte de Monte-Cristo

Le dernier jour d'un condamné

Le diable au corps

Le Grand Meaulnes

Le Grand Troupeau

Le Horla

Le jeu de l'amour et du hasard

Le Joueur d'échecs

Le Lion

Le liseur

Le malade imaginaire

Le Mariage de Figaro

Le meilleur des mondes

Le Monde comme il va

Le Parfum

Le Passeur

Le Petit Prince

Le pianiste

Le Prince

Le Roman de la momie

Le Roman de Renart

Le Rouge et le Noir

Le Soleil des Scortas

Le Tartuffe

Le vieux qui lisait des romans d'amour

L'Ecole des Femmes

L'Ecume Des Jours

Les Bonnes

Les Caprices de Marianne

Les cerfs-volants de Kaboul

Les contes de la Bécasse

Les dix petits nègres

Les femmes savantes

Les fourberies de Scapin

Les Justes

Les Lettres Persanes

Les liaisons dangereuses

Les Métamorphoses

Les Mouches

Les Trois mousquetaires

L'étrange cas du Dr Jekyll et de Mr Hyde

L'Ile Au Trésor

L'île des esclaves

L'illusion comique

L'Ingénu

L'Odyssée

L'Ombre du vent

Lorenzaccio

Madame Bovary

Manon Lescaut

Micromégas

Mon ami Frédéric

Mon bel oranger

Nana

Ne tirez pas sur l'oiseau moqueur

Notre-Dame de Paris

Oliver twist

On ne badine pas avec l'amour

Oscar et la dame rose

Pantagruel

Le Misanthrope

Perceval ou le conte du Graal

Phèdre

Ravage

Roméo et Juliette

Ruy Blas

Sa Majesté des Mouches

Si c'est un homme

Stupeur et tremblements

Supplément au voyage de Bougainville

Tanguy

Thérèse Desqueyroux

Thérèse Raquin

Ubu Roi

Un Barrage contre le Pacifique

Un long dimanche de fiançailles

Un secret

Vendredi ou la vie sauvage

Vipère au poing

Voyage au bout de la nuit

Voyage au centre de la terre

Yvain ou le Chevalier au lion

Zadig

À propos de la collection

La série FichesdeLecture.com offre des contenus éducatifs aux étudiants et aux professeurs tels que : des résumés, des analyses littéraires, des questionnaires et des commentaires sur la littérature moderne et classique. Nos documents sont prévus comme des compléments à la lecture des oeuvres originales et aide les étudiants à comprendre la littérature.

Fondé en 2001, notre site FichesdeLectures.com s'est développé très rapidement et propose désormais plus de 2500 documents directement téléchargeables en ligne, devenant ainsi le premier site d'analyses littéraires en ligne de langue française.

FichesdeLecture est partenaire du Ministère de l'Education du Luxembourg depuis 2009.

Plus d'informations sur www.fichesdelecture.com

ISBN: 978-2-511-02845-2

Notes :